elhai

Grinserochen

elkrabbe

Exin

abbel

Dumbomutant

cksegler

taucher

Tausendflosser

Band 1 | Nr. 4213
ISBN: 978-3-96792-219-6

Band 2 | Kanonenfutter
ISBN: 978-3-96792-220-2

Band 3 | Der Nachtturm
ISBN: 978-3-96792-221-9

Band 4 | Titel folgt
ISBN: 978-3-96792-222-6

Boris Koch

Frauke Berger

Weitere Veröffentlichungen:

Koch
Die Schöne und die Biester | Splitter
Der Drachenflüsterer | Heyne
Dornenthron | Knaur
Narrenkrone | Knaur
Das Camp der Unbegabten | Thienemann
Die Anderen | Heyne
Die Toten | Panini

Berger
Grün | Splitter
Die Schöne und die Biester | Splitter
Cozmic | Atlantis

SPLITTER Verlag
1. Auflage 04/2024
© Splitter Verlag GmbH & Co. KG · Bielefeld 2024
DAS SCHIFF DER VERLORENEN KINDER 3: DER NACHTTURM
© BORIS KOCH / FRAUKE BERGER / SPLITTER VERLAG
Redaktion: Aylin Kuhls
Lettering: Frauke Berger
Covergestaltung: Malena Bahro
Herstellung: Horst Gotta
Druck und buchbinderische Verarbeitung:
Aumüller Druck / Conzella Verlagsbuchbinderei
Alle deutschen Rechte vorbehalten · Printed in Germany
ISBN: 978-3-96792-221-9

Weitere Infos und den Newsletter zu unserem Verlagsprogramm unter:
www.splitter-verlag.de

News, Trends und Infos rund um den deutschsprachigen Comicmarkt unter:

 www.comic.de
Verlagsübergreifende Berichterstattung mit
vielen Insiderinformationen und Previews!

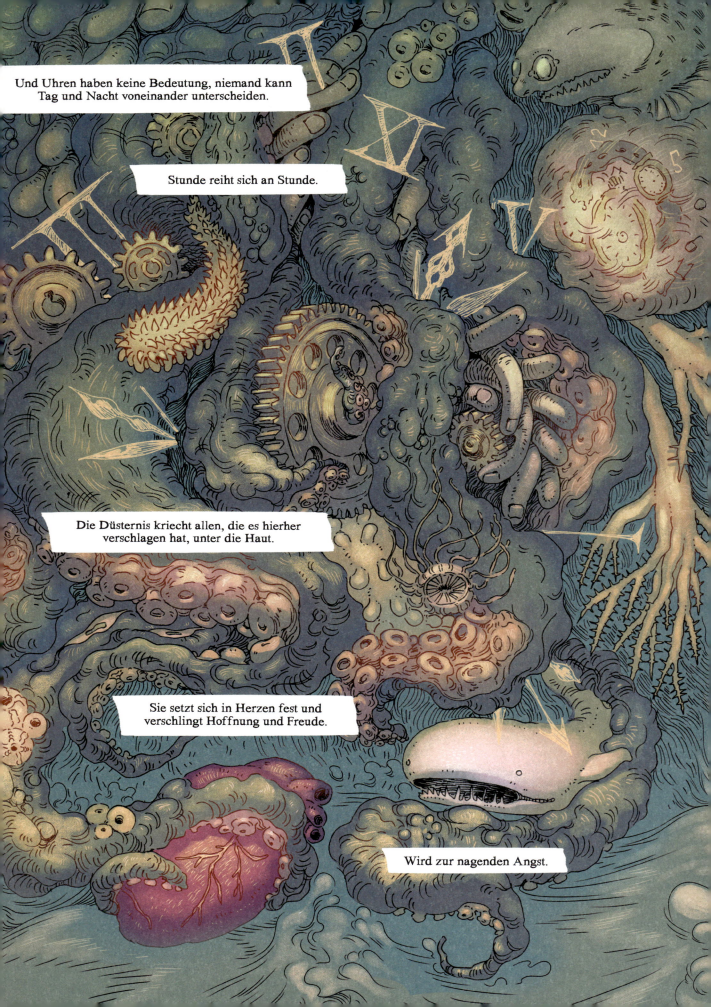

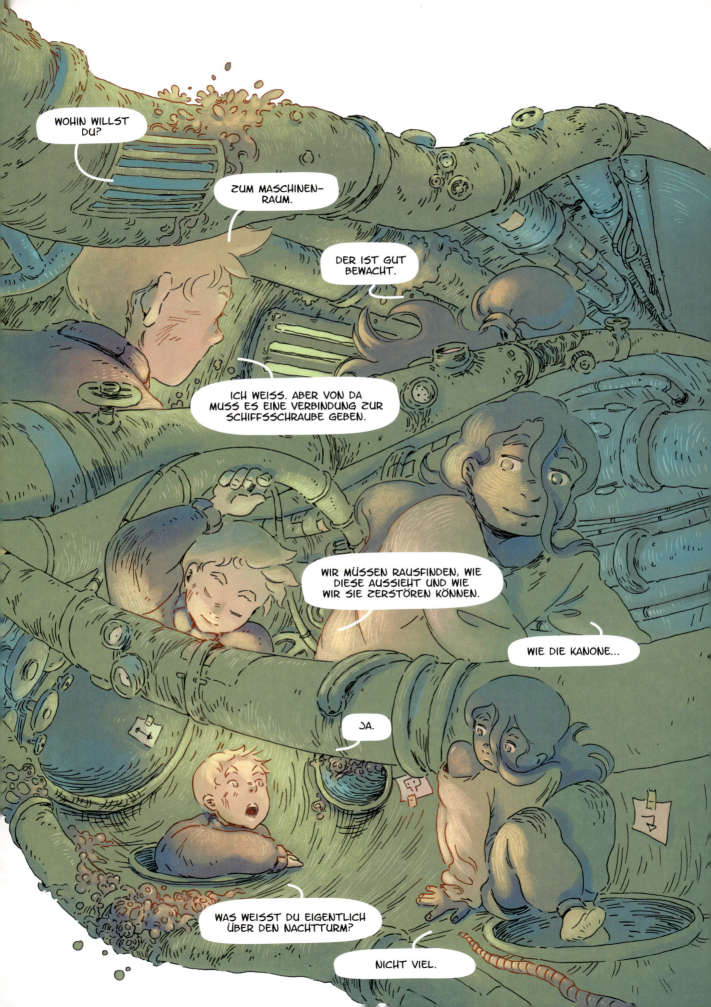

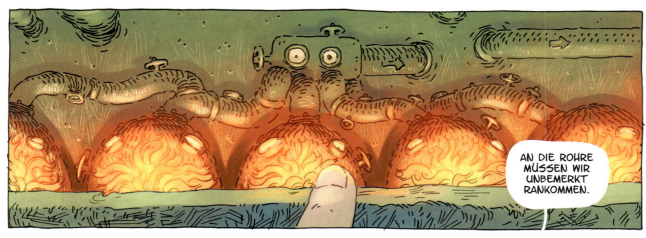

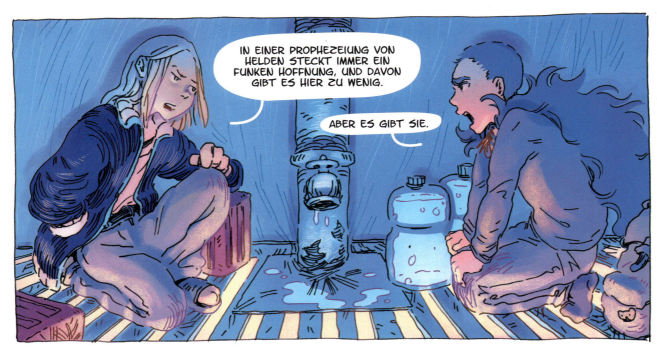

DER DAMPF WIRD VERMUTLICH DURCH DAS SCHWARZE ROHR TRANSPORTIERT.

UND WIE SIEHT ES AUS?

BESTENS!

SIE BAUEN UNS EINE NEUE KANONE.

UND NEHMEN DIE ALTE IN ZAHLUNG.

ES DAUERT EINE WOCHE UND KOSTET SIEBEN KINDER. EINS FÜR JEDEN TAG ARBEIT.

DAS KLINGT FAIR.

VORKASSE?

NEIN, ALLES ZAHLBAR BEI LIEFERUNG.

UND SUCHEN WIR ODER SIE DIE KINDER AUS?

WIR.

WIRKLICH FAIR.

EINZIGE BEDINGUNG IST...

... DASS SIE VON ALPTRÄUMEN GEPLAGT WERDEN.

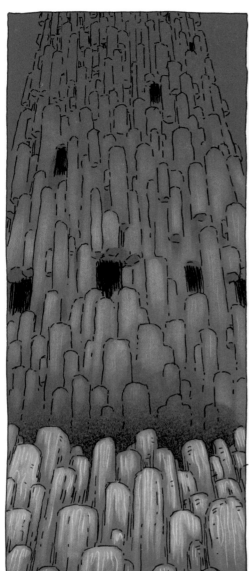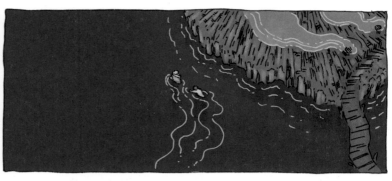

DURCHS FENSTER?

KEINE TÜR.

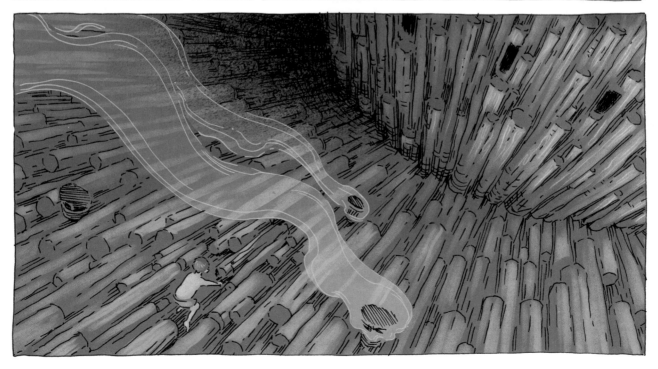

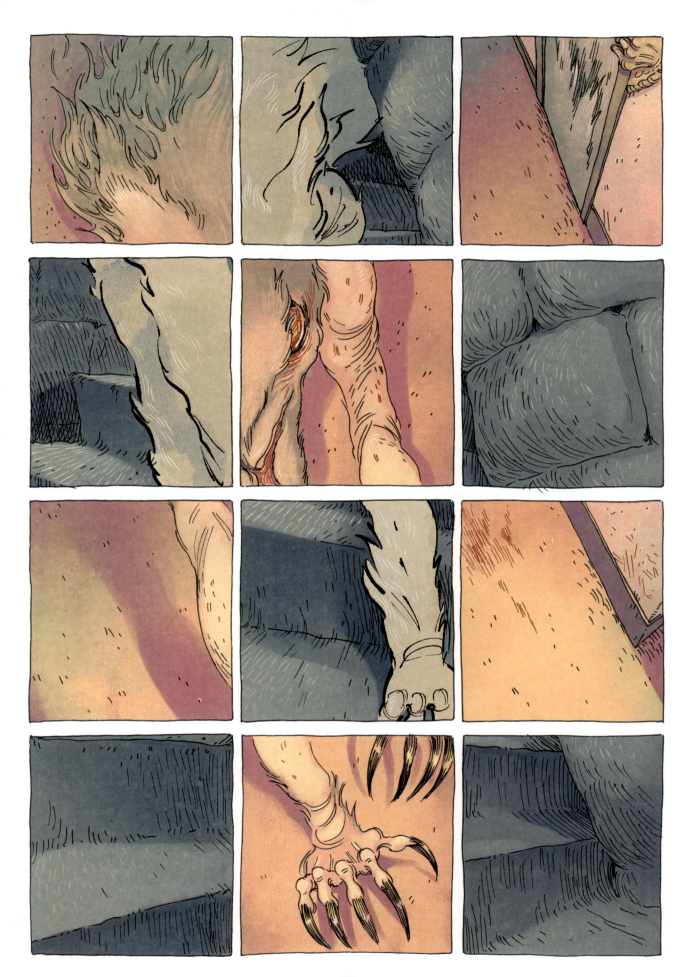

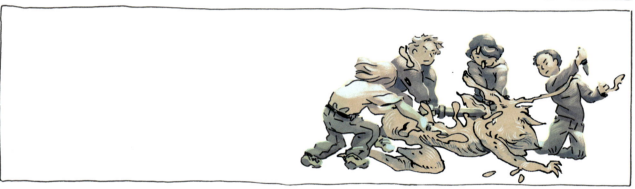

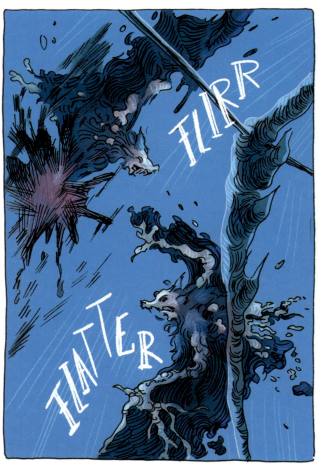

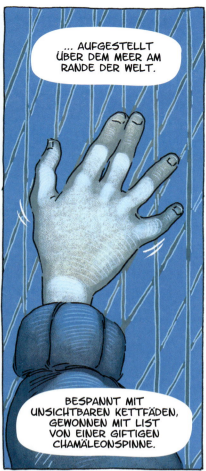

TARNKAPPEN DER GRIMMEN GNOME, GEWEBT MIT FÄDEN AUS TIEFSTER NACHT.

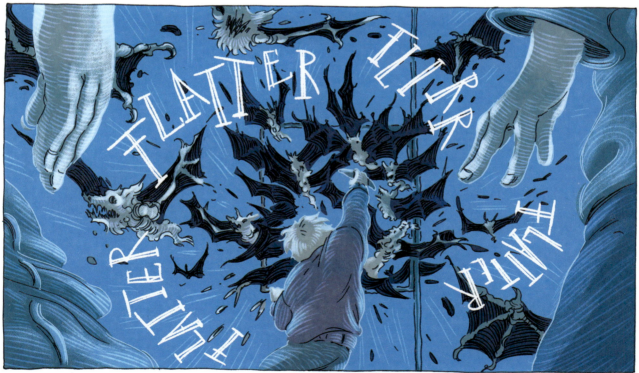

FLATTER FLATTER FLATTER FLATTER

SCHEISSE

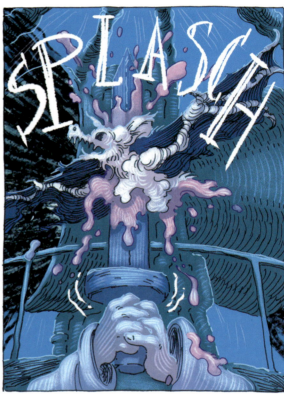

TARNKAPPEN DER GRIMMEN GNOME...

... GEWEBT MIT FÄDEN AUS TIEFSTER NACHT.

ANGEREICHERT MIT SCHREIEN DER ANGST...

... GEFERTIGT AUF DEM UNSICHTBAREN WEBSTUHL.

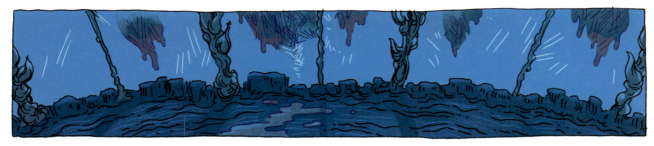

WOHIN FÜHREN DIE FENSTER?

UNTER DER ERDE KANN ES KEIN DRAUSSEN GEBEN.

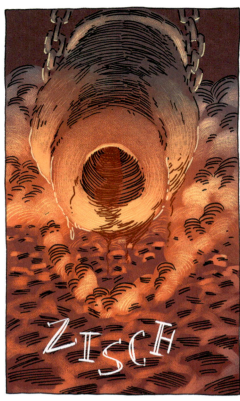

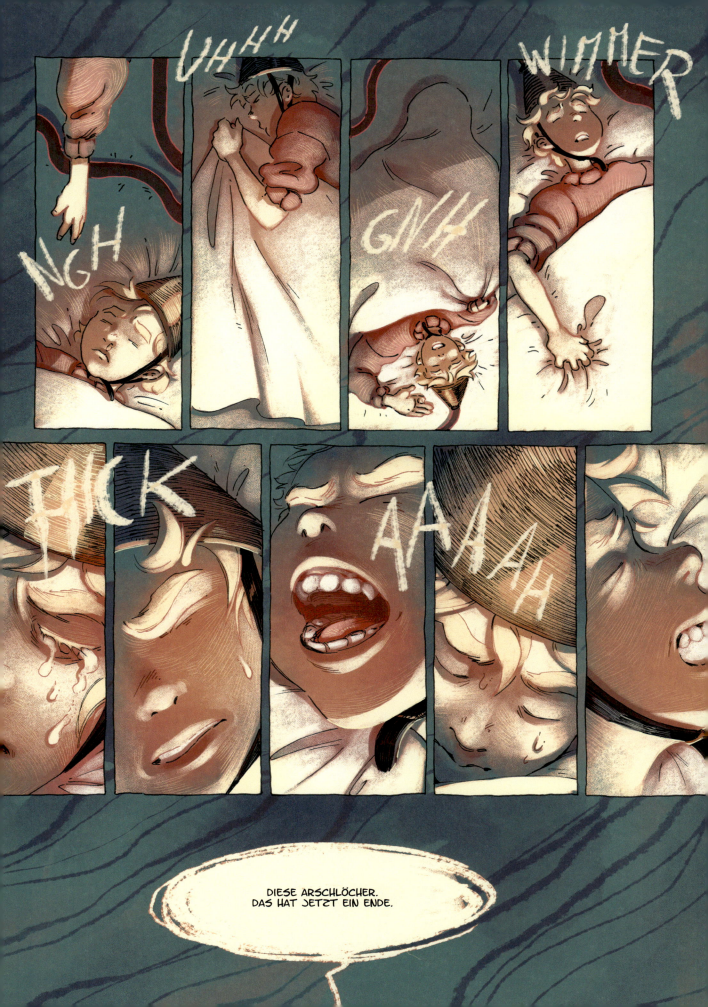

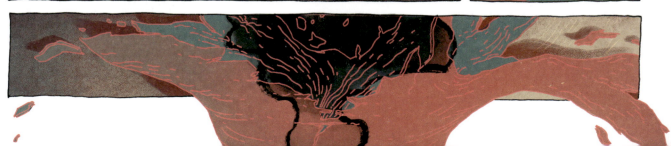

VERJAGT SIE, VERSENKT DIE SEELENFÄNGER! SIE HABEN DIE NACHT-SCHWÄRZE GEKAPPT!

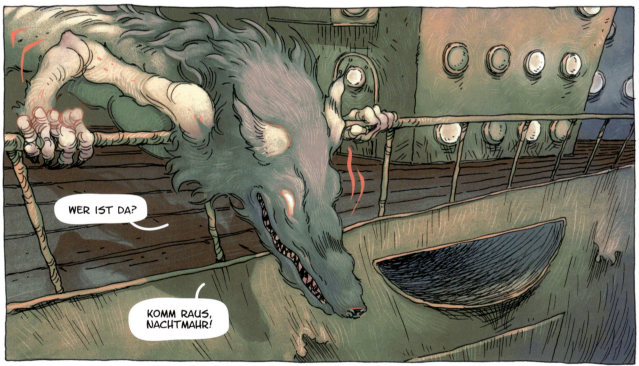

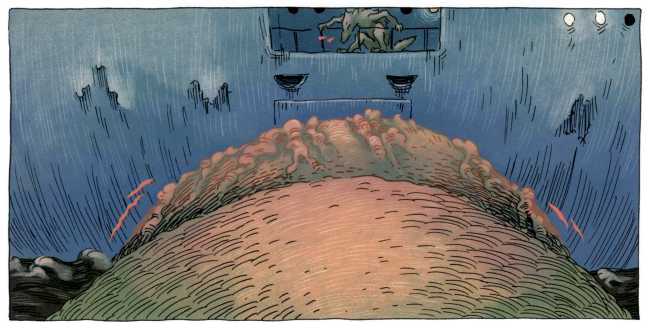

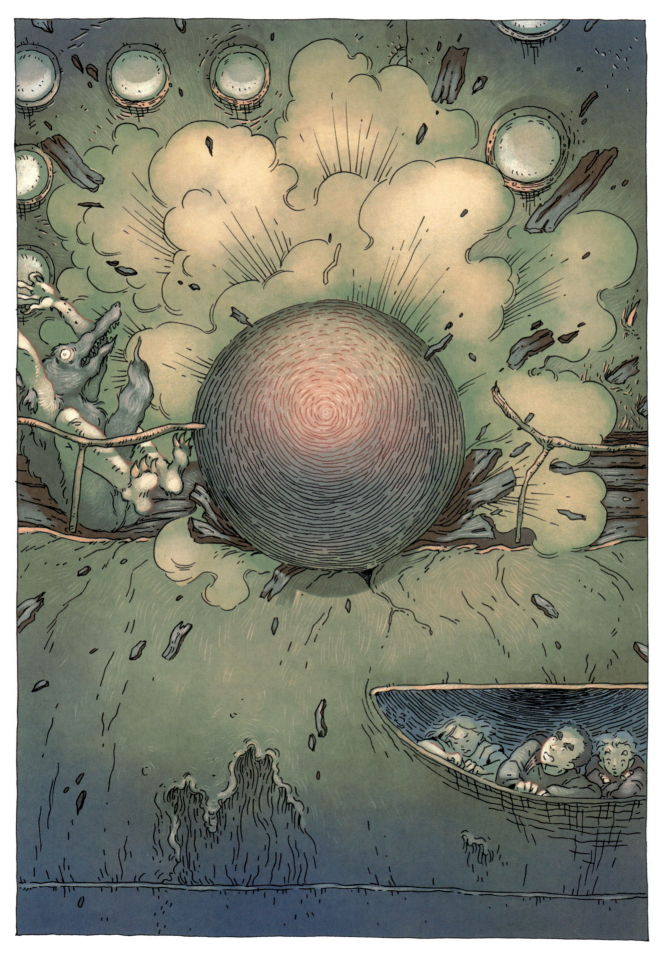

Epipelagial

Flossenschnapper

Gesunkener Holländer

Mesopelagial

Seezunge

Schlauch

Bathypelagial

Grabschzappler

Abyssopelagial